첫사랑과 O

일러두기

아래의 시가 최초로 발표된 책은 다음과 같다.

〈물이 나에게 준 것〉,《밤은 길고, 괴롭습니다》(박연준 지음, 알마, 2018년).
〈상처 입은 사슴〉,《밤은 길고, 괴롭습니다》(박연준 지음, 알마, 2018년).
〈갈망〉,《당신은 나를 열어 바다까지 휘젓고》(안희연 지음, 알마, 2019년).
〈파랑〉,《당신은 나를 열어 바다까지 휘젓고》(안희연 지음, 알마, 2019년).
〈O〉,《인섬니악 시티》(빌 헤이스 지음, 이민아 옮김, 알마, 2017년).
〈완전하지 않은 것들이 달리는 고속도로〉,《편두통》(올리버 색스 지음, 강창래 옮김, 알마, 2016년).
〈고마워하겠습니다〉,《고맙습니다 스페셜 에디션III》(올리버 색스 지음, 김명남 옮김, 알마, 2016년).
〈2015년 8월 30일〉,《깨어남》(올리버 색스 지음, 이민아 옮김, 알마, 2016년).
〈사랑과 자비〉,《뮤지코필리아》(올리버 색스 지음, 장호연 옮김, 알마, 2016년).

첫사랑과 O

김현
문보영
박연준
배수연
서윤후
손보미
안희연
오은
유진목
정지돈
최지은
황인찬

•

첫사랑은 O

•

•

첫사랑에 관한 이 책을 처음 떠올린 건 흥미롭게도
올리버 색스의 고즈넉하고 나무 향이 풍길 법한
서재였습니다. 그는 어린 시절 매혹되어 초기 기억을 상당
부분 차지하는 것으로 서재를 꼽았지요. 오크 판으로
마감된, 집에서 제일 조용하고 아름다운 공간이었던
그곳에서 색스는 "의자에 웅크리고 앉은 채 독서삼매경에
빠져, 시간 감각을 완전히 잃곤 했다"고 썼습니다. 그의
매혹은 나중에 도서관으로 옮겨갔는데, 그는 서가와 선반
사이에서 자신만의 것을 추구하는 다른 독자들과의
조용한 동행을 즐기며 "그렇게 나를 만들어갔다"고 고백
했습니다. 그의 서재에서 도서관까지, 그것은 첫사랑이
아닌가 싶었습니다. 어린 시절 처음 매혹되어 평생토록

꺼지지 않았던 그의 지적 호기심을 달리 무어라 쓸 수
있을까요.

이 책에서 열두 명의 시인과 소설가는 첫사랑, 혹은
첫사랑처럼 자신을 뒤흔들었던 매혹에 관하여 썼습니다.
우리는 작가의 첫사랑이 누구인지 혹은 무엇이었는지
궁금했지만 작품으로 더듬어볼 수 있었던 것은 대개
첫사랑이 떠난 자리였습니다. 그럴지도 모르지요. 그토록
기억해보려 하는 첫사랑의 실체는 마치 나도 모르게 나의
우주 어딘가에 뚫려 있는 검은 구멍과 같아서, 분명
존재하나 그 안으로 빨려들다 영원히 멈춰버린
별무리들의 빛으로만 더듬어볼 수 있을지도요.

박연준 시인은 "이곳에서는 깨진 것들을 사랑의 얼굴이라
부른다"고 썼습니다. 당신에게 곧장 날아가 이마가
깨져도 좋은 사랑이라면, 그건 김현 시인의 말대로 나의
정체성이 분명해지는 사랑일 것입니다. 그때의 감정은
희미해졌지만, 그것이 남긴 것들이 지금의 나를 이루고
있는지도 모르겠습니다. 첫사랑은 처음으로 나를 결핍된
존재로 만들고, 내가 아닌 다른 것들이 내 안으로
들어오길 갈망하게 하니까요.

모쪼록 첫사랑 혹은 매혹에 관해 쓴 이 페이지들로부터
잃어버린 감정들을, 마음속 어딘가에 숨겨져 있을
빈 구멍들의 미열을 다시 느낄 수 있다면 좋겠습니다.

•

편집부

차례

•

•

1 첫사랑

•

1

첫사랑

첫사랑

·

손보미

·

●

그는 내게 자신의 여자친구와 함께 찍은 사진을
보여주었다. 그때는 아직 휴대 전화가 세상에 나오기
전이었고(세상에, 그런 시절이 있었다!), 내 기억이
맞다면 디지털 카메라의 시절도 아직은 아니었다.
그러니까 그는 정말로 오로지 내게 보여주고 싶어서
인화한 사진을 몇 장 들고 우리 집에 왔던 것이다. 사진을
여러 장 봤는데 그중 하나가 그와 그의 여자친구가 찍은
것이다. 그의 여자친구는 뉴욕에서 유학 중이었는데 일 년
전쯤에 그는 한 달 동안 미국을 여행했고(그가 가지고 온
것은 자신이 미국 여행 때 찍은 사진들이었다.
그 사진들 사이에 여자친구와의 사진이 한 장 껴 있었던
것이다) 그때 잠시 그녀를 방문한 적이 있다고 했다.

사실 그날 봤던 다른 사진에 대해서는 결국 잊어버리고
말았는데, 그 사진만은 기억이 난다. 또렷하게 떠오르는
건 아니지만 어쨌든 전체적인 분위기 같은 것은 여전히
기억이 남아 있다. 그들은 커다란 하얀색 천—아마도 그
건 침대보 같은 거였을까?—의 양쪽에 서서 천의
가장자리를 꼭 잡고 있다. 방금 빨래를 끝낸 걸까?
그들의 발 아래에는 잔디가 깔려 있고, 저 멀리 하늘에는
하얀 구름이 흩어져 있다. 그들은 활짝 웃고 있는데, 나는
어쩐지 남자 쪽의 표정이 여자보다 더 밝다고 생각한다.
그건 어쩌면 내가 그에게서 그녀에 대한 이야기를 들었기
때문에, 그의 입장에서는 그 여자를 얼마나 사랑하는지
알고 있었지만, 그 여자 입장에서는 그를 어떤 식으로
생각하는지 잘 몰랐기 때문이었을 것이다.
"내 첫사랑이야." 내가 그 사진을 봤을 때, 그들은 거리의
차이를 이기지 못하고 잠시 동안(그건 그의 표현이었다)
헤어져 있는 상태였다. "하지만 걔가 공부를 끝내고
돌아오면 괜찮아질 거야."

     그 당시 나는 열일곱 살이었다. 열일곱 살이 막
시작되는 겨울. 그리고 그는 명문대에 다니는
나의 수학 과외 선생님이었다. 전 해, 그러니까 내가
열여섯 살 때 우리 가족은 마산에서 서울로 이사를 왔다.

내가 중학생이었던 시절, 마산은 엄청나게 엄격하고
보수적인 도시였다(지금은 어떤지 전혀 모르겠다).
애들을 인문계 고등학교에 얼마나 많이 보내느냐에
따라서, 혹은 고등학교 입시 시험에서 만점자가 얼마나
많이 나오느냐에 따라서 학교에 대한 평판이 달라졌기
때문에 선생들은 고등학교 입시 시험에 목을 맸다.
그 당시 내가 가장 놀랐던 건, 어른들 중 한 명도 나에
대해 제대로 파악한 사람이 없다는 사실이었다. 그 당시
나는 부모님에게서건, 학교 선생에게서건 기대를 받는
아이 중의 한 명이었다. 그들은 내가 고등학교 입시
시험에서 만점에 가까운 점수를 받을 만한 아이라고
지목했다. 긴장이 덜 풀려서 모의고사 때마다 조금씩
실수를 할 뿐이라고, 더 익숙해지면 진짜 시험에서는
실수를 하는 일 같은 건 일어나지 않을 거라고 확신하듯
말했다. 그들 중 그 누구도 사실은 내가 공부에 별로
흥미가 없다는 사실, 그렇게 똑똑하다거나 영리한 것과는
거리가 먼 아이라는 사실, 그저 그런 척하려고
아둥바둥하고 있다는 사실은 몰랐다. 서울로 이사를 온
것은 어쩔 수 없는 선택이었지만, 어머니에게는
나름대로의 포부와 기대감이 있었다. 지방보다는 서울이
나를 좋은 대학에 보내기에는 적절할 장소이리라는 그런
평범하지만 야무진 포부.

서울에 와서 다니게 된 중학교는 남녀 공학이었다. 그리고 심지어는 남녀 합반이었다. 아, 그랬다. 그때는 남녀 합반이라는 단어가 있었다. 내 기억이 정확한지 모르겠는데 그 당시 마산에는 남녀 공학인 중학교는 없었다. 남녀 공학인 고등학교는 있었는데 그마저도 합반이 아니라 분반이었다. 아, 아닌가, 중학교가 남녀 공학이었고, 고등학교가 남녀 공학이 아니었던가? 여하튼 도시의 그런 분위기에 대해 우리 부모님은 대찬성이었다. 가끔 가족들과 외식을 하러 시내에 나갔을 때, 잔뜩 꾸민 남자애들과 여자애들이 무리를 지어 다니는 걸 볼 때가 있었다. 어머니는 그런 걸 보면 언제나 혀를 끌끌 찼다. 그리고 나와 동생들에게 말했다. "너네는 절대 저러면 안 돼."

그런 분위기 때문이었는지 중학교에 입학한 이후 남자애들을 대하는 게 좀 불편해졌다. 어쩌면 내게 여자 형제밖에 없어서 그런 기분을 더 느꼈는지도 모른다. 사실 남자애를 대할 기회도 없었지만. 이를테면 같은 아파트에 사는 데다가 초등학교 때 같은 반을 이 년 연속으로 해서 잘 지내던 남자애가 있었는데 중학교에 입학한 후 처음으로 동네 슈퍼에서 마주쳤을 때 나는

약간 얼어버렸다. 나는 사복을 입고 있었고 그 애는
교복을 입고 있었다. 누가 먼저 고개를 돌렸을까? 우리는
서로를 못 본 척하면서 그 자리를 지나갔다. 그런 내가
그 해에 서울로 올라와서 남자애들이 드글드글한 교실에
들어가게 되었을 때 나는 어떤 생각을 했을까? 놀랍게도
나는 생각보다 잘 적응했다. 어떻게 그럴 수 있었는지
모르겠다. 게다가 시간이 아주 조금 흘렀을 때 나는
짝사랑하는 남자애도 생겼다(그때부터 나는 금사빠였고,
지금도 그렇다). 같은 반은 아니었고 우리 반과는 다른
층에 있어서 나는 자주 그 남자애를 몰래 훔쳐보러 갔다.
혼자 갈 때도 있었고, 전학을 와서 새로 사귄 친구와 함께
갈 때도 있었다. 쉬는 시간마다 그 애는 교실 뒤 사물함에
기대어서 서 있었다. 교복 셔츠의 단추는 세 개 정도
풀려 있고 머리카락은 눈을 덮었다. 키가 크고 피부는
약간 까무잡잡했다. "쟤는 문제아야." 친구는 고개를
절레절레 흔들었지만 그래도 나의 짝사랑을
응원해주었다. 하지만 그 짝사랑이 어떻게 되었더라?
나는 금방 싫증을 느꼈고 그애를 보러 가는 걸
그만두었다. 한번은 우리 반의 남자 반장이 내게 쪽지를
보낸 적도 있었다(세상에, 그래, 그때는 그런 식으로
쪽지를 보냈다). 그애는 내 옆모습이 너무 이쁘다고
말해줬다. 앞모습도 아니고 웬 옆모습? 하지만

남자애에게—그게 옆모습이든 앞모습이든 머리통이든—
이쁘다는 말을 들은 건 처음이었기 때문에 나는 약간
들떴다. 그 남자애는 내 옆자리에 앉아서 수업을 들었고
점심도 같이 먹었다. 더 특별한 일은 없었다. 하지만
그런 경험만으로도 나는 거의 신세계를 맛본 것이나
마찬가지였다. 겨울방학이 시작되었을 때, 반장은 내게
우리집 전화번호를 물어봤고, 내게 자신의 전화번호가
적힌 쪽지를 주었다. 방학을 한 후에는 내게 편지를
보내주었다. 나는 어머니에게 혼날까 봐 마음이
두근두근하면서도 그걸 잘 챙겨두었다.

    겨울방학이 시작되었을 때, 어머니는 내게 수학 과외
선생님을 붙여주었다. 나는 수학 바보였고, 고등학교에
가면 수학이 더 어려워질 테니까 미리 공부를 좀 해두라는
것이었다. 과외 선생님은 스물세 살이었고 몇 달 후에는
입대를 할 예정이었다. 자기 친구 중에 아직도 군대를
가지 않은 사람은 자기밖에 없다는 말을 했다. 지금
생각해보면 나와 겨우 다섯 살 차이가 나는 것에
불과했는데 나는 그를 완전한 어른, 내가 근접할 수 없는
세계에 속해 있는 그런 어른으로 받아들이고 있었다.
나는 수학을 완전히 증오하고 있었고, 수업은 진도가 잘
안 나갔다. 처음에 그는 너무 지루해서 어쩔 줄을 모르는

나를 위해 자기가 겪었던 재미있는 이야기를 해주었다.
그리고 나는 그의 이야기를 듣는 게 좀 재미있어서 과외
시간을 기다리기 시작했다. 그중에는 그의 집이
삼풍백화점 근처여서 지금도 자신의 방에서 삼풍백화점이
무너진 자리를 볼 수 있다든지, 자신이 다닌 사립
고등학교가 비리 때문에 티브이 시사 프로그램에도
나왔다는 이야기도 있었다. 그는 결국 자신의
여자친구와 헤어진 이야기를 내게 해주었다. 그는 그건
헤어진 게 아니라고, 세상에는 절대로 헤어질 수 없는
그런 사람들이 있는데 그게 바로 자신과 그 여자라고
했다. 우리는 공부를 하는 시간보다 잡담을 하는 시간이
길어졌고 잡담한 시간을 채우느라 그가 과외를 끝내는
시간은 언제나 지체되었다.

　　3월이 되기 전이었던 것 같은데 어머니와 내가 단둘이
점심을 먹고 있는데 전화벨이 울린 적이 있었다. 거실로
가서 전화를 받은 어머니가 밥을 먹고 있는 내게로
오더니 말했다. "너를 찾는데?" 어머니의 태도가 좀
이상해서 나는 영문을 모르겠다는 생각을 하며 전화를
받았다. 전화를 건 사람은 바로 반장이었다. 수화기
바깥에서 다른 남자애들의 존재가 느껴졌다. 반장은
내게 바쁘냐고 물었고 나는 밥을 먹고 있다고 대답했다.

반장은 내게 왜 답장을 하지 않았느냐고 물었다. 나는
그제야 내가 그 애가 보낸 편지 같은 건 까맣게
잊어버리고 있었다는 사실을 깨달았다. 그리고 어머니가
내 전화를 엿듣고 있다는 것도. 나는 우물쭈물하면서
미안하다고, 그런데 지금은 밥을 먹고 있으니까 다음에
통화를 하면 안되겠느냐고 물었다. 반장은 알았다고,
고등학교 생활을 잘 하라고 말했다. "넌 똑똑하니까 잘
하겠지, 공부 열심히 해." 식탁으로 돌아가는 내 얼굴에
열이 오르는 게 느껴졌다. 어머니가 전화를 건 애가
누구냐고 물어봤다. 나는 좀 의아한 생각이 들었다.
나는 우리집에 남자애가 전화를 한 것 때문에 어머니가
나를 혼내거나 할 줄 알았는데 어머니는 전혀 그렇게
보이지 않았고 그냥 그 상황을 굉장히 신기하게 느끼고
계신 것 같았다. 나는 아무도 아니라고 그냥 중학교 때
우리반 반장인데 나에게 뭘 물어보려고 전화를 했다고
말했다. "만날 약속 같은 건 안 했니?" 나는 고개를
가로저었다. 나는 더 이상 그 애가 내게 예쁘다고 말을
해줘도 기분이 좋을 거 같지 않았다. 더 이상은 그 애와
이야기를 나누고 싶지 않았다. 내가 이야기를 나누고
싶은 대상은 그, 바로 과외 선생님이었다.

    몇 달 후 그는 입대를 위해 과외를 그만두었다. 마지막

과외 시간이 어땠더라? 잘 기억이 나지 않는다. 어머니는
그를 좋은 과외 선생님이라고 철썩같이 믿어서 그에게
후임으로 과외 선생님을 추천해달라고 부탁했다. 새로 온
과외 선생님은 자기 이야기 같은 건 일체 하지 않았다.
과외 선생님은 50분 수업을 하면 10분을 쉬는 시간을
가졌는데 그때에도 별 이야기를 하지 않고 멀뚱멀뚱 앉아
있기만 했다. 그러다가 언젠가는 우리 둘의 공통 고리인
그에 대한 이야기가 나왔다. 나는 별 생각도 없이
그 선생님은 여자 친구가 미국에 있잖아요. 라는 말을 했다.
과외 선생님이 깜짝 놀라며 내게 물었다.

　"그 형이 너에게 그런 말까지 했어?"
　"네, 미국 가서 같이 지냈다는 이야기도 했는데."

　그가 그런 말을 한 적은 없었다. 어째서 내 입에서
그런 말이 나온 건지 알 수 없었다. 과외 선생님의 반응은
내가 예상하지 못한 것이었다. 과외 선생님은 마치 믿을
수 없는 이야기를 들었다는 듯이 내 얼굴을 보고 자신의
얼굴을 찌푸렸다.

　"미국에서 같이 살았다는 말까지 했어?"

같이 살았다고? 나는 같이 지냈다고까지만 이야기했는데,
이상한 기분이 들었지만 그냥 그렇다고만 대답했다.

　　"너한테 그런 말을 하면 안 되지."
　　"왜요?"

　　내가 되묻자 과외 선생님은 좀 당황한 것 같았고
이제 잡담은 그만하고 수학 문제나 풀자고 말했다. 나는
무언가 더 물어보고 싶었지만, 그러지 않았다.

　　앞서 밝혔다시피 그 당시 나는 겨우 열일곱 살이었다.
그때까지 나는 19금 영화 같은 걸 본 적도 없었다.
그 당시의 내게 사랑이라는 건, 같이 이야기를 나누고
싶은 기분 같은 것이었다. 언제나 내가 이야기를 나누고
싶을 때 아무런 장애도 없이 이야기를 나눌 수 있는
그런 사이. 거기에는 성적인 것이 끼어들 여지가
전혀 없었다. 하지만 가끔씩 내가 보는 만화책에서 그런
장면이 연상되는 부분을 읽을 때 나는 내가 알고 지내는,
아직 결혼을 하지 않은 사람들이 그런 식의 사랑을
나눈다고는 생각하지 못했던 것 같다. 나는 그가 뉴욕으
로 날아간 것은 그런 기분—이야기를 나누고 싶은 그런
기분—의 연장이리라고만 여겼다. 하지만 한편으로는

그가 보여준 사진을 보면서 그런 것만은 아닐 거라고 막연하게나마 생각했을 것이다. 그들의 사랑에는 무언가 내가 알고 있는 것보다 훨씬 더 달콤한 것, 격정적인 어떤 것이 포함되어 있으리라고 추측하고 있었을 것이다. 지금 와서 돌이켜보면 그런 식으로 생각을 했다는 게 우습지만 그들의 사랑은 내가 그 당시 가늠할 수 있었던 최대치의 사랑, 그 누구도 가보지 못한 완성된 모습을 하고 있었다. 그래, 나는 그들이 평범한 사람들이라면 절 대 가보지 못한 곳까지 도달한 사람들이라고 믿고 있었던 것이다. 그런 식으로 내 마음속에서도 그에 대한 어떤 이미지가 만들어졌고, 그 후로 몇 년이나 흐르는 동안에도 그런 그의 모습은 내 마음속에서 사라지지 않았다.

그런 것들은 존재하지도 않고 존재할 수도 없으며
존재한 적도 없었다

.

정지돈

.

．

그로테스크라는 말은 15세기경 로마의 황제
티투스의 목욕탕을 발굴하다 처음 발견한 장식적
디자인에서 파생되었다. 티투스의 목욕탕은 지하
동굴grottoe에 파묻혀 있었고 벽에는 온갖 공상적인 동물과
인간, 나무, 꽃, 과일 등이 환상적인 형태로 뒤엉킨
장식이 있었다. 고전적인 예술 형식과 아무런 관련이 없는
이 낯선 결합은 당시 그로테스키라는 일종의 괴기한
취미의 유행을 낳았다.

그러니까 우연의 일치인지 아닌지 모르겠지만 내가
아주 어릴 적 매혹되었던 두 가지가 고대에 함께
존재했었고 하나의 단어를 만들어낸 셈이다.

1. 목욕탕
2. 불가사의
1+2 = 그로테스크

목욕탕

목욕탕을 언제부터 그렇게 좋아했는지는 모를
일이다. 지금은 거의 존재하지 않거나 찜질방화 되어
역사의 저편으로 사라지는 과정을 밟고 있고 가끔 레트로
취향의 디저트 카페 인테리어나(땀내나는 목욕탕에서
생크림을 올린 슈트루델을 한 입…) 미술관, 아이웨어숍
등으로 쓰이고 있는 옛날 목욕탕을 한때 너무 좋아해서,
어떤 일이 마무리되기만 하면 곧장 목욕탕으로 달려가
하루 종일 탕 안을 쏘다니곤 했다는 말을 들으면
사람들은 이상하고 웃긴 취미라고 반응했다. 그도
그럴 것이 내가 목욕탕을 제일 자주 이용하던 때는 학교
앞 고시원에서 살던 대학 초년생 시절로 집 근처에는
새벽 6시에 문을 열어 저녁 8시에 마감하는 옛 목욕탕이
있었는데 나는 늘 밤을 새우고 개장 시간에 목욕탕에
들어가 잠을 청하곤 했기 때문이다.

찜질방도 없는데 어떻게 자?

친구들은 물었고, 나는 대답했다. 탕 안에서 1시간,

탕을 나와서 탕과 탕 사이 난간에서 1시간, 목욕탕 안에
있는 비치체어에서 2시간, 많이 피곤한 날은 목욕탕
바닥에서 1시간….

이런 불손하고 위험한 취미가 어디서 유래했는지는
모를 일이다. 그러니까 알몸으로 온탕에서 자고 나와서
온탕과 열탕 사이의 좁은 난간에 누워 또 잠을 청하는
것이다. 친구들은 온탕에서 자면 안 죽냐고 물었고
나는 보시다시피 살아 있다고 말했다. 게다가 이건
몸을 노곤하면서도 한없이 깊은 곳으로, 즐거움과 수치,
따뜻함과 피곤함, 모든 것을 내려놓은 느낌, 목욕탕의
증기와 벽에 그려진 기이한 형상들, 봉황, 용, 산맥, 자라,
구름, 호수와 나무, 숲, 포도, 두루미 등과 함께 꿈속을
거니는 환상을 안겨다 준다고 말하면… 대부분 이해하지
못했지만, 그래도 옛 목욕탕의 기억이 있는 지인 몇몇은
알 듯 말 듯하다는 표정을 짓기도 했다.

불가사의

세계 7대 불가사의는 그리스의 시인 안티파트로스에게서
비롯되었다. 그의 시에 등장하는 세계 7대 불가사의는
다음과 같다.

1. 이집트의 대피라미드
2. 바빌론의 공중 정원
3. 알렉산드리아의 등대
4. 에페소스의 아르테미스 신전
5. 마우솔로스의 영묘
6. 올림피아의 제우스상
7. 로도스의 거상

내가 제일 처음 매혹된 것은 바빌론의 공중 정원이었다.
열 살도 안 된 꼬마의 귀에는 바빌론의 공중 정원이 정말
비행접시처럼 떠다니는 정원으로 들렸다. 훗날 공중
정원이 그저 거대한 크기의 계단식 정원이라는 사실을
알았을 때에는 실망을 감출 수 없었다. 사실 세계 7대
불가사의는 모두 그런 식이었고 엄밀히 따지면 버즈
두바이나 롯데월드타워와 다를 바 없는 거대한 건축물에
불과했다. 그러나 다시 생각해보면 뭔가 다르다.
불가사의라는 이름이 주는 힘일까? 비록 세계 7대
불가사의가 잘못된 번역에서 유래된 명칭이라고 해도
여기에는 뭔가 불가사의한 게 있었다. 그것은 존재했던
것이 더 이상 존재하지 않을 때 그러나 어딘가에 존재하고
있을지도 모른다는 사실에서 오는 기묘한 느낌이었다.

(귀신 역시 마찬가지다. 두려움은 무서운 형상에서
오는 게 아니라 존재했던 것이 사라졌지만 어딘가에서
지켜보고 있을지도 모른다는 느낌에서 온다.)

　　어찌 됐건 어린 시절 나를 가장 매혹했던 것은 이러한
종류의 불가사의나 미스터리였다. 세계 7대 불가사의를
다 외운 것은 물론이고, 네스호의 괴물, 사스콰치,
버뮤다 삼각지 등 모든 미스터리가 나의 관심사였다.
당시 큰아버지 댁에는 컬러 장정의 두꺼운 미스터리
백과가 있었다. 그 책의 제목을 지금은 기억하지
못하는 게 속상하다.

　　책은 고급스러운 장정과 인쇄에 반해 지금 생각하면
허무맹랑하기 그지없는 세계의 오컬트적이고 환상적인
사건들이 백과 형식으로 기록돼 있었는데 나는 명절
때만 되면 그 책을 보느라 밤을 새우곤 했다. 내가 무슨
책을 보는지는 관심 없고 그저 책을 본다는 사실만으로
감동했던 어른들은 책에만 머리를 박곤 있는 나를
기특하고 점잖은 아이라고 칭찬했다. 머릿속은 온통
영혼과 저주, 신비주의와 몬스터, 모험, 판타지로
가득한지도 모르고 말이다.

　　이후 나는 자연스럽게 〈인디아나 존스〉에 빠졌다.
아서왕의 전설을 따라 성배와 성궤를 찾고 나치와 맞서

신비한 고대의 힘을 선한 편(미국…)에 돌려주는
고전적이면서 현대적인(당시 기준으로) 대모험 판타지.
이 영화에 빠진 것이 나뿐만은 아니겠지만 나는 좀 많이
빠진 것 같다. 초등학교 1학년 때부터 5학년 때까지 매번
장래희망에 고고학자를 써냈으니 말이다. 어느 날 내
머리가 좀 컸다고 생각한 아버지는 나를 불러, 아들아,
한국에는 고고학자가 없단다. 있다 해도 인디아나 존스처럼
모험을 하는 게 아니라, 방구석에 처박혀 한자나 본다며
꿈을 산산조각 냈다. 아버지는 이후에도 내 꿈을 여러 번
조각냈는데 고고학자 이후 탐정으로 장래희망을 바꾼
뒤에는 불륜 커플 뒤꽁무니나 쫓는 일이다, 라고 했고
소설가가 될 거라는 말에는 소설가는 직업이 아니다,
그건 할 일 없는 사람들이나 하는 일이다(이 말은
모순적이지만 진정성의 차원에서는 진실에 가깝다…),
영화감독이 될 것이라는 말에는 영화감독은 그저
여배우나 만나려는 눈먼 자들일 뿐이다라고 했다. 결국
그가 원한 나의 장래희망은 의사나 검사였는데 그것이
고고학자보다 나와 거리가 더 멀다는 사실은 머지않아
그와 나 둘 모두 알게 되었고 나는 소설가가 되었다.

그로테스크

현존하는 유일한 고대의 건축 이론서인 〈건축십서〉는
15세기 초반 세인트 갈렌의 수도원 도서관에서 발견되었다.
기원후 80년경 로마의 건축가 비트루비우스가 쓴 이 책은
알베르티에 의해 번안되어 르네상스 건축에 커다란
영향을 끼치게 된다. 여기서 비트루비우스는 그로테스크한
장식을 '부적절한 취향'으로 평하며 다음과 같이 말한다.
"그런 것들은 존재하지도 않고 존재할 수도 없으며
존재한 적도 없다. … 사람들은 이런 거짓을 접함에
있어, 경멸하기보다는 용인하면서 그중 하나라도 실제로
발생할 수 있는지 아닌지는 생각하지 않는다."

그러니까 다시 말해 아버지에게는 고고학자나 탐정,
소설가, 영화감독이 그로테스크한 것이라고 말할 수
있지 않을까. 그런 직업은 (한국에) 존재하지도 않고
존재할 수도 없으며 존재한 적도 없다. 그러니 제대로 된
직업을 가져라.

정확히 말하면 세계 7대 불가사의나 미스터리 등은
그로테스크와 거리가 있다. 단지 그중에 몇몇이
그로테스크할 뿐이다. 그러나 나를 매혹시켰던 것은
세계 불가사의 그 자체가 아니라, 그것들을 둘러싼
그로테스크의 미학이었다. 존재하지 않는 것들을
존재하는 것처럼 엮는 기술, 존재하는 것들을 원래

존재하는 방식과는 다르게 이야기하고 접합하는 기술.
그것이 주는 괴이함과 매력. 나는 그런 것들에 속절없이
빠져들었고 그게 내 인생에 좋은 영향을 줬는지 나쁜
영향을 줬는지 모르겠지만, 어느 순간 그것은 내가
되었다.

지금도 가끔은 과거의 꿈을 떠올릴 때가 있다.
고대 유적에 대해 생각하고 우주인이나 아틀란티스처럼
극도로 발달한 문명을 가진 고대 거인들의 도시를
찾는 것, 우리 발 밑 맨틀 아래에서 발견되는 수수께끼의
문명, 다른 차원으로 들어가는 통로. 그런 것들은 한번도
존재한 적이 없는지도 모르지만, 진정성의 차원에서 보면
한번도 존재하지 않은 적 역시 없다. 그러니까 어쩌면
한번 말해진 이상 존재하지 않는 것은 아무것도 없는
것이다. 그리고 나는 바로 그 사실에 매혹된 것인지도
모르겠다.

이별의 스노우볼

·
·

김현

흔들어 주세요

당신은 밤의 끝에
나는 아침의 시작에 앉아 있었어요

당신이 말했죠
제가 그리 갈까요
당신이 이리 올래요

나는 다가갔습니다
당신이 점점 희미해질 때까지
그러나 온전히
부재하진 않을 때까지

저의 정체성은 분명해졌습니다

내가 말했죠
내가 깨어나면 당신이 잠들어 주세요

당신은 나의
초롱초롱한 두 잎사귀에
물방울이 맺히는 것을 지켜보다가
말했습니다

저는 아무것도 듣지 못해요
형상을 주세요
나는 입술을 남겼습니다

아, 보여요
눈부셔요
당신의 말과 나는 일치해요
눈 감아요

나는 보았습니다
당신이 어디로 가고 있는지 어디에서 오고 있는지
아, 들려요

어두워요
나는 당신의 침묵과 일치해요
멀어져요

당신이 내게로 오고
우리는 사랑했습니다
밤의 희고 긴 쇼파에서
농어와 포도를 먹고
서로의 볼기짝을 때리고
깍지를 끼고
오줌을 갈겼습니다
눈가가 촉촉이 젖은 채로

(숨지 마)
당신은 숨었습니다
(훔쳐 봐)
나는 당신을 훔쳐보고요

해와 달로써
당신을 원해요

손톱과 발톱이

당신을 기다려요

눈과 입술로
당신을 거부해요

눈물과 침은
당신 거예요
낮과 밤이

제가 그리 갈게요
당신이 이리 와요
흔들리지 않아요
오, 흔들어 주세요

우리는 서로를 열렬히 모른 척했다

사랑의 시절이
생생하게 변질되어 갔다

먼지와 춤

·
·

문보영

연인이 춤을 춘다
고개를 떨군 뒤
공기가 내려앉듯 몸을 낮춘다
제자리에서 점프할 것처럼 리듬을 타고 가만히
다락방에서 춤추는 연인들
다락방
먼지가 개인적인 방식으로 존재하는 공간
바운스
자기 자신을 뛰어넘은 다음
돌아온다
자기 자신과 엮이고 싶지 않기 때문에
아주 뛰어넘지는 않고
먼지처럼 춤춘다

잔망스럽게
무언가 되어버리는 순간을
망치는 게 춤이라고
믿기 때문에
고백하는 순간
진심이 수치스러워
먼지가 분명하다
춤추는 연인들은

불사조

·
·

박연준

당신에게 부딪혀 이마가 깨져도 되나요?
질문이 끝나기도 전에 나는 날았고
이마가 깨졌다

이마 사이로, 냇물이 흘렀다

졸졸졸
소리에 맞춰 웃었다

환 한
날 들

조약돌이 숲의 미래를 점치며 졸고 있을 때

나는
끈적한 이마를 가진 다람쥐,
깨진 이마로 춤추는 새의 알,

이곳에서는 깨진 것들을 사랑의 얼굴이라 부른다
깨지면서 태어나 휘발되는 것
부화를 증오하는 것
날아가는 속도로 죽는 것

누군가 숲으로 간다

나는 추락이야
추락이라는 방에 깃든 날개야
필사적으로 브레이크를 잡다
꺾이는

나는 반 마리야
그냥 반 마리,

죽지도 않아

"사랑이 죽었는지 가서 보고 오렴,
며칠 째 미동도 않잖아"

내가 말하자 날아가는 조약돌,

돌아와서는
아직이요, 한다

아직?

아직

누와 누

·

·

배수연

누와 누
왈츠를 출 땐
긴 방귀를 나눠 뀌는 법을 알던 누와 누

누와 누
기울어진 목과 달싹이는 얇은 귀
서로의 장면 속으로 희망을 던지며

누가 좀 도와줘
누가 좀 도와줄게

관광객이 가득한 광장에서 자는 낮잠
누, 꿈을 꾸고 싶다

관광객들이 꾸는 그런 꿈
누가 만든 손차양 아래에서 깜빡 잠이 들고

유리창 사이로 맞대어 서면
서로가 서로의 대답처럼 보였습니다
손으로 망원경 모양을 하고
입을 또박또박 움직여,

누, 알 바 언 제 끝 나
오 늘 은 손 님 이 더 많 아
유 니 폼 잘 어 울 려

누가 혼자 국수를 먹고 있다고 생각하면
누가 더 보고 싶습니다

걸어서 비파나무까지

.
.

서윤후

작은 손아귀에서 기도가 저물고
성당을 지나 장미원에 다다를 때까지 한 모금의 침묵이
었다 부실했던 점심이나 지나간 소나기에 대해 말해볼 수
있었지만

듣고 싶은 게 남은 사람만이 기도하겠지

부러진 묘목을 피하며 걸었다
우리는 서로의 기도문엔 없었던 말들을 내뱉었다 피서
계획이나 고장 난 신호등에 대해서

하려던 말은 그게 아니어서
걷게 되었다 다 아는 길도 뒤엉키는 초여름이었다 머리

를 높게 묶고 옷소매를 걷어 올릴 때
　우리는 우리만 아는 속력을 만들고
　집으로 가는 가장 먼 길을 따라 걸었을 것이다

　기도를 엿듣던 신神과 멀어지고 있었을 때
　생각나지 않을 수도 있대 없었던 일처럼 말이야 새장을
여는 것은 새를 가둔 사람만 할 수 있는 것처럼
　지금을 다시 꺼내어 볼 수 있는 것도
　오래 기억하는 자의 순서겠지

　풍경이 빠르게 감기고 있었다
　거의 다다른 집의 지붕이 뾰족해 눈이 아팠다 커다란
트럭에 실리는 짐들 차곡차곡 출발에 시동을 거는 동안

　우리는 작은 비파나무 앞에 서 있었다
　누군가 너를 찾고, 나의 개울엔 마지막 인사로 어울리
는 게 없어서
　잘 가, 라고 말하며 첨벙거리고 싶진 않아서
　씩씩하게 달려 나가는 너의 얼굴을 비파 열매에 묻고

　전축에 이 여름을 켜면
　비파나무가 매미를 간질이는 노래

그건 잠음이 아니라 이 사실적인 장면을 끼적이기 위해
울고 있는 노래

　나의 기도를 어긴 그 여름은 오랫동안 재생되고 있다
　영원히 작았다고 말하게 될 비파나무로부터
　우리의 속력은 그곳에 묶인 채로
　그 무엇도 채근하지 않는다

설경

·
·

안희연

다 망가져버렸으면 좋겠다고 생각했어
눈이나 펑펑 와버렸으면

지나고 보니 모든 게 엉망이어서
개들이라도 천방지축 환하게 뛰어다닐 수 있게
새하얀 눈밭이었으면, 했지

그래서 그리기 시작했다네, 눈에 파묻힌 집
눈만 마주쳐도 웃음을 터뜨리던 두 사람이
이제 더 이상 살지 않는 집

깨진 계란껍질 같던
마음도 같이 파묻었지

캔버스 앞으로 모여드는 사람이 많았다
아무도 밟지 않은 흰 눈에는 그런 힘이 있으니까
곰은 곰의 발자국을 찍고 가고
바람은 바람의 발자국을 찍고 가고

모두들 자기 발자국을 들여다보기에 바빴다
그 집은 악몽으로 가득 차 있다고 소리쳐도
아무도 믿지 않았다

지붕까지 파묻힌 집이 어떻게 공포스럽지 않은 거야?
내게는 모든 게 엉망이었던 시간인데

사랑과 낮잠은 참 닮은 구석이 많다고
한여름 밤의 꿈이었다고 생각하면
조금 연한 기분이 되기도 한다고
속삭이는 소리가 들렸다

인간의 의지와는 상관없이
눈은 언젠가 녹는 것
반드시 녹는 것

시간이 긴 팔을 뻗어 울타리를 만드는 것이 보였다
모든 것이 제자리에 있었다

한없이 고요한,
여름다락

:

최지은

어두운 나무 계단
조금 습하고 서늘한 공기
나는 학교가 끝나면 언니가 읽던 책을 품고 다락에 올
랐다

작은 창 너머 여름 매미 소리가 다락 안으로 흘러들고
있었다

언제부터였더라 이제 스무 살을 넘긴 언니의 책장 속 소
설들은
하나같이 슬픈 언니들의 이야기였다

나는 그 속에서 언니의 비밀을 찾듯 언니들의 이야기를

읽어갔다

이야기 속에서 이야기를 감추고 순서를 지우고 아무도 들려주지 않는 말을 지어내며 혼자 놀았다

어떻게 해도 슬픈 이야기가 되어가는 걸 막을 수는 없었지만

고개를 돌리면 잠든 어머니가 보인다

어머니는 내가 세 살 때 돌아가셨지만

나무 계단을 지나 이곳에 오르면 곤히 잠든 어머니가 내게는 보인다

어머니는 꼭 조금 전 내가 먹은 선홍빛 감기 시럽을 삼키고 잠에 든 것만 같았다

몽롱해지는 오후

어머니를 따라 누우면

내 검은 머릿결이 출렁이고

오래된 나무 다락 냄새 가슴 깊이 파고들고

어머니의 길고 긴 꿈은 내 작은 귓속을 간질이며 따라들어올 것만 같아

꿈속의 어머니는 열네 살, 여름 속에 있었다

어머니는 교실에 앉아 창밖에 자귀나무에 눈을 주고
자귀 꽃이 흔들릴 때마다 어머니의 볼이 붉어지고 내 살
갗이 가렵고

더운 바람이 교실 안을 느리게 지나간다

어머니의 책상 위엔 유난히 희고 빛나는 일기장
그 안에 어머니의 그림들
그 그림들이 언니와 나의 비밀이라는 걸 알아챘을 때

꿈은 갑자기 끝나버렸다
여름구름을 녹이는 소낙비처럼

해가 지고 있었다 포돗빛 하늘
금빛 구름 눈이 부셨다

어머니, 저기 금빛 하늘 좀 보세요. 어두워지는 중이지
요.
내가 말을 걸수록

어머니는 더 깊은 꿈속으로 들어가 버리고

나는
저는 괜찮아요, 어머니
세 번 더 속삭여본다

꿈속의 꿈
이야기 속의 이야기
달콤하고 슬픈 낮잠 속에서

두 눈을 감은 채
하염없이, 고요한 여름 속을 바라보는

칠월이었다

어머니의 소리 없는 목소리가
가만가만 나를 재워갔다

여름이 꿈처럼 깊어지고 있었다

2

갈망

물이 나에게 준 것

.
.

박연준

흐르지 않는 것은 지독한 것이다

내 위에 고이는 것은 슬픈 것들이다
아무것도 놓치지 않는 광장,
뉴욕도 멕시코도 물에 빠져 죽은 저 여자도
내 위에 고이면 작아진다

아직 살아 있는 다리 두 개로 나무를 조여볼까
(한쪽은 쉼 없이 작아지지만)
욕조에 누우면
위로 떠오르는 것들
어머니, 아버지, 갓 태어나 금이 간 것들
희망 사랑 돌개바람 침몰 침몰 침몰

하지 않는 것

욕조는 우주보다 넓고
물 위를 떠가는 슬픔은 하찮아서
방관한 채 바라보려네

지독한 것은 흐르지 않는다

상처 입은 사슴
─쫓는 자와 도망가지 않는 자

:

박연준

가고 있어요 이쪽이 길인가요
등 뒤엔 멈춘 바다, 나무는 팔다리를 잃었어요
아홉 개의 화살을 몸에 박고도 멈추는 법이 없어요
당신을 보고 있지요
뿌리 위로 뻗은 이유는 멈추지 않았기 때문
나 역시 바라보는 당신을 봐요
당신은 내 모가지를
피 흘린 몸통을 깃털처럼 가볍게
날아든 고통의 촉을
가느다란 네 다리를 새까만 발굽을
사람 형상을 한 사슴으로서의 내 얼굴을
머리카락을 두 쌍의 귀를 보네요

고통의 면적이 넓어질수록 앞이 거대해져요
앞이 있으므로 앞을 봅니다
아홉 개의 화살, 이후를 생각하죠
깃들지 모를 화살의 새끼들을
모든 나머지를
기다려요 내게 날아오는 것
뚫고 파고들어 박히는
사고를 생각해요 충돌하기 위해 시작하는,
고통을 파종하는 것을 생각해요

사랑이 파종이라면
당신은 내 위에 무엇을 심으시겠어요?

가고 있어요 네 개의 귀로
바깥 동정을 살피며 여러 겹의 소리를 들어요
화살과 몸피 사이,
당신과 나 사이,
사랑과 사랑 사이에 생산되는 온갖 잡음을
들어요 발밑엔 나무의 나무였던 나뭇가지가
뿌리를 잃은 채 시들고 아니죠 나는
수천 발의 화살로
당신이 내게 오셔도

몰라요 앵글의 공포를, 밖을 향해 기어가는
피의 속도를
위선이 아니라
체념이 아니라

나는 그냥 상처의 새끼예요

갈망
·
·
안희연

그것은 사람처럼 걷고 있었다

마음이 어두울 땐 환해지고
환할 땐 희미해졌다

당신은 오래 알던 친구 같군요
무심히 말을 걸어본 적 있지만
대답을 들어본 적은 없다
의자를 내어주어도 앉지 않는다

그것은 오인될 때가 많다
비가 오지 않을 때조차 비를 맞고 있다
독성이 있는 사과일 거라고

심장을 옭아매는 밧줄일지도 모른다고

그러나 그것은 다만 기다리고 있다
나무가 모여 숲을 이루는 풍경을 골똘히 바라볼 뿐이다

수많은 이유로 아침을 사랑하고
그보다 더 사소한 이유로 여름을 증오하는 것처럼

숲이 거기 있다는 이유로
숲을 불태우러 오는 사람들을 지켜보며
그것은 조용히 타오른다

까맣게 탄 몸으로 그것은 걷는다
빗방울의 언어가 얼룩으로만 쓰여지듯
흰 종이가 끝까지 흰 종이인 채로 남아있더라도
말해진 것이 있다고

발도 없이 문턱을 넘는다
귓바퀴에 고이는 이름이 된다
익숙한 침묵이 낯선 침묵이 되어 걸어 나오는 동안

파랑

·

안희연

〈호수, 마음의 푸른 멍〉이라는 그림을 봤어요
눈에서 떨어진 것이 파랗게 고여 있었어요
파랗구나, 참 파랗구나 골똘해지는데
지금껏 내가 파랑을 몰랐다는 생각이 들더라구요

그렇게 걷게 되는 날이 있어요
거리를 걷는데 마음을 걸어요
마음이 길이구나
마음이 놀이터고 전봇대고 표지판이구나
알게 되는 날이 있어요 가지 끝에 매달린 노란 종 같은

개나리 개나리
개나리는 어쩌다 개나리가 되었을까요

내 마음이 지옥인 것에 이유가 없듯
종이비행기의 추락과
깨진 유리창 사이에도 아무 연관은 없겠지만

나는 불투명하고
오늘 처음 파랑을 배워요
장작처럼 쌓여 있는 파랑
포도송이처럼 알알이 매달린 파랑
그런 건 진실이 아니라고 말해도 상관없어요
파랑은 그물 사이를 유유히 빠져나가는 물고기,
양동이를 뒤집어쓰고 부르는 노래

가만히 가만히
내가 나를 들으면 돼요
파랑은 총성이 울리고
출발선에 서 있는 일
흙먼지를 뒤집어쓴 채로 해는 지는데

나의 절망은 가볍고
슬픔은 뻣뻣해요
구겨볼까요 던져볼까요

서둘지 않아요 어차피 갈 곳도 없으니까

파랑이에요 트럭 아래 숨어 멍하니 이쪽을 보는
검은 개의 슬픈 눈
운동화 끈이 풀린 채 걸어가는
4월의 달빛에 대해서도

이제 나는 그것을 파랑이라고 부를 수 있어요
내가 나를 일으켜 걸어요 숨지 않아요

3

O

O
．
．

김현

누구나 다
사라졌다는 사실

오늘은 그 단어를
기쁨의 원천으로 섬기겠습니다

그곳에
다리가 존재합니다

시간의 돌과 시간의 이끼를 잇는
푸른 다리 아래로 구름이
진실로 흘러가고 있을 때
그 순전한 진리 위에서

당신이 쓰던 눈을 내 손등에 올려놓았습니다
재가 흩날렸습니다

지금부터는 당신의 눈으로
이 세계에 산다는 게 어떤 건지 글로 쓰는 것이지.

죽음을 앞장세우지 말자고
눈 쌓인 나뭇가지를 꺾어
내가 당신에게 줬지요
고마워요, 눈
당신은 침묵의 샴페인을 터뜨리고
흘러나온 걸 제가 다 마셨습니다
당신은 만년필로 적은 내 글씨를
기약도 없이 들여다보다가
고마워요, 눈이라고 말했습니다
나는 인생은 긴 키스
맹세코 누구에게도 발설하지 않았습니다
당신이 쓰던 눈을
남자와 남자가 만나
먼 것을 또렷이 보고 가까운 것을 흐릿하게 본 후에
냄새 맡고 깨물고 서로의 영혼을 핥아주다가
발 담그게 되는 비밀을

더 해드릴 게 있을까요?
존재해줘.

지금부터는 제가 존재하겠습니다
일기를 쓸 거야.

눈을 감고 떠올려봐요
한밤 은빛 속에서
남다른 연인이 눈밭을 뛰어가고
발자국이 남고
그 아름다운 순간을 따라
당신과 내가 손을 잡고 걸어갑니다
뉴욕으로
뉴욕 교차로로
뉴욕의 가죽바지 속으로
뉴욕의 괴물을 무찌르는 히어로들처럼
당신이 물안경을 끼고
눈 뭉치를 들어 공중으로 던집니다
낱말을 찾기 위해서
내리는 시간을 잠깐 멈추고
제가 그걸 혓바닥 위에 올리고
당신의 물안경을 쓱 핥아줍니다

이제 선명합니까
마침내 샴페인이 터지자
당신은 뜬눈으로 의문에 빠졌습니다
인생의 환희가 이토록 깨끗한 것이었다니
그걸 다 하고
우리는 옥상으로 갔죠
남은 건 하얀 야경뿐이라는 듯
코로 깊게 들이마시고
당신은 인생은 넓은 하루
당신의 물안경을 벗기고
양말을 빼주고 이불을 덮어주고
유 세이 굿바이 아 세이 헬로
음악은 비밀의 웅덩이
당신의 찬 발을 어루만지다가
돌능금나무 씨앗을 잘 모아두었습니다

이 정도의 재로
우리라는 단어를 정리할 수 있을까요

당신이 쓰던 눈을 진실 속으로
떠나보냈습니다
다리를 둘로 쪼개서

한쪽은 우리가 끌고 가고
한쪽은 우리였던 것으로 두었습니다
펼쳐진 책장은 늘 두 페이지
움직이는 것
인생은 죽음을 앞장세우지 않습니다

이제
책을 덮고 책을 읽으세요

당신도 곧 사라졌습니다
살아 있기 위해서

완전하지 않은 것들이 달리는 고속도로

．
．

박연준

당신 다리를 주워요
당신 수염을 주워요

벗어진 머리와 낡은 얼굴을
입술의 움직임과 침의 싱싱함을
당신의 모든 말과 글에서

진리에 앞선 홀림,
이 과도한 사랑

빛은 흔들리고 부서질 때 아름다움을
모든 치유의 열쇠는 사랑임을
주워요, 당신의 종이 위에서

당신은 미치광이
흔들리는 심장
수줍은 근육
슬픈 주기율표
발정 난 연필
푸른 늑대
부러진 화살
상처받은 봄과 겨울

완전하지 않은 것들이 질주하는 고속도로에서
누군가 기다린다면,
절뚝이는 사람 곁에서 함께
절뚝이고 있다면

당신은 인생을 다 사용하고 책 속으로
사라진 사람

그늘에서,
당신 영혼을 주워요

고맙습니다

고마워하겠습니다

·

·

오은

고맙습니다
생각할 수 있다는 것은 얼마나 다행인지
아침 햇살에
점심 발걸음에
저녁 어스름에
오늘을 새길 수 있다는 것은
매번 얼마나 숨이 트이는 일인지

고맙습니다
표현할 수 있다는 것은 얼마나 다행인지
아직 늦지 않았다는 것은
눈을 마주칠 수 있다는 것은
기꺼이 열 수 있는 귀가 있다는 것은

말을 들어줄 당신이 내 앞에 있다는 것은
또 얼마나 기쁜 일인지

주기율표가 있어서
우리 모두가 공평하게 수소로 태어난다는 것이
너와 나의 거리를 파악할 수 있다는 것이
그 거리를 억지로 좁히려 애쓰지 않아도 된다는 것이
나의 차례를 묵묵히 기다릴 수 있다는 것이
매년, 견주어 헤아릴 게 있다는 것이
마침내 내년을 기약할 수 있다는 것이

고맙습니다

저는 스칸듐의 시기에 시를 쓰기 시작했습니다
스칸듐은 희귀한 금속이라고 합니다
니켈의 시기에 제 이름으로 시집을 갖게 되었습니다
시집을 내고 얼마 뒤 목숨을 잃을 뻔했습니다
니켈은 지구의 내핵과 외핵을 구성하는 원소라고 합니다
공기 중에서 변하지 않는다고 합니다
니켈의 시기를 관통하며
변한 것과 변하지 않은 것이 있었습니다
변함없이 시를 쓰고 있습니다

저는 지금 브로민의 시기를 지나고 있습니다
브로민은 부식성이 매우 강하다고 합니다
악취가 난다고 합니다
숨을 참으며 숨을 고르며
녹슬지 않기 위해 하루하루를 견디고 있습니다

제 이름은 은銀입니다
마흔일곱 살이 되는 날,
저는 또다시 당신을 떠올릴 겁니다
주기율표를 들여다보며
"여기까지 왔다"고 스스로를 다독일 겁니다
그때도 저는 시를 쓰고 있을 겁니다
사람일 겁니다
인간일 겁니다
사람과 사람 사이에 있을 겁니다

이 행성은 점점 아름다움을 잃고 있습니다
정상과 비정상을 가르는 편견에
도처에 널린 차별이란 폭력에

당신은 편견과 폭력과 싸운 사람입니다

고맙습니다
당신 덕분에 편견과 폭력과 싸울 용기를 얻었습니다
제가 마주할 마지막 원소가
아이오딘이 될지 텅스텐이 될지 비스무트가 될지 모르
겠지만
어쩌면 운 좋게 아인시타이늄을 마주할 수도 있겠지만
마지막 인사를 건네는 그날까지

당신에게, 무수한 당신들에게
그리고 아름다움을 조금이라도 간직할 이 행성에
고마워하겠습니다

2015년 8월 30일
.
.
유진목

아침에 일찍 일어나
당신이 부르는 소리에 대답했습니다

당신은 구름처럼 매일 다른 얼굴로

하루는 천둥 같은 목소리로
하루는 맑게 개인 표정을 하고

하루는 늦잠을 자느라 당신은 한참을 기다려야 했습니다

흐린 눈동자로 울던 당신을 기억합니다

우리는 입을 맞추었고

다시는 보지 못할까 봐 힘껏 안았습니다

하루는 당신이 문앞에서 돌아가는 소리를 듣기도 했습니다
그런 날은 혼자서 당신을 원망했습니다

당신을 붙잡을 때도
당신을 외면할 때도

똑같이 사랑했던 날들

그리하여 우리가 얼마나 오래전에 시작되었는지를

매일 아침 찾아 와 나를 깨운 당신

고맙습니다

당신이 부르면 언제나 대답할 수 있도록
이 책을 놓아둡니다

이제 나는 긴 잠을 자려고 합니다

사랑과 자비

•
•

황인찬

맞아, 그 여름의 바닷가에선 물새들이 끊임없이 울고 있었어 젊은 사람들이 해변을 뛰어다녔고, 맞아, 우리는 개를 끌고 나왔어 그런데 그 개는 어디로 갔지?

쌓인 눈을 밟으면 소리가 난다
작은 것들이 무너지고 깨지는 소리다

우리는 그때 맨발로 뜨거운 아스팔트를 걷고 있었어 물놀이에 정신이 팔려 신발을 잃어버리고도 서로를 보며 그저 웃었고 그때 우리는 두 사람이었지

한 사람의 발자국이 흰 눈 위로 길게 이어져 있다
아주 옛날부터 그랬다

이제는 잘 기억나지 않는다

웃고 있는 서로를 보며 우리가 서로의 눈동자 속에서
무엇을 보고 또 알았는지 끝없이 이어진 수평선을 보며
우리가 서로에게 어떤 마음을 주고받았는지

"이런 삶은 나도 처음이야"
그렇게 말하니 새하얀 입김이 공중으로 흩어졌고

그때 우리는 사람으로 가득한 여름의 도시를 걷고 있었
다 두 사람의 젖은 발이 뜨거운 지면에 남긴 발자국이 금
세 사라져버리는 것도 모르는 채로

겨울 호수를 따라 맨발자국이 길게 이어져 있다
주변에는 아무도 없다

올리버는 그 마지막 순간까지 글을 쓰고 있었다

·

빌 헤이스

·

인터뷰 이다혜 / 작가, 〈씨네21〉 기자
·

·

작가 빌 헤이스는 올리버 색스의 마지막 순간까지 그의 곁을
지킨 파트너이자 편집자였다. 올리버 색스 사후에 편집자
케이트 에드거, 댄 프랭크와 함께 《고맙습니다》(2015년),
《의식의 강》(2017년), 《모든 것은 그 자리에》(2019년)를
편집했다. 《모든 것은 그 자리에》의 출간 후에 〈씨네21〉
기자이자 작가인 이다혜가 빌 헤이스를 인터뷰한 글을
아래에 싣는다. 세계를 향한 올리버 색스의 사랑이 온전히
담겨 있다.

올리버 색스 박사와 보낸 마지막 날들에 대한 추억을 나눠줄 수 있나. 색스 박사가 남긴 글을 보면 할 수 있는 한 수영을 하고 글을 썼다고 했다. 그 순간들에 대한 당신의 기억은.

이제 고전이 된 그의 에세이 〈나의 생애〉는 2015년 암의 진행으로 사망 가능성이 높아졌다는 진단을 받고 몇 주 뒤 〈뉴욕타임스〉에 실렸다. 그 글에서 올리버는 이렇게 적었다. "남은 몇 달을 어떻게 살 것인가 하는 문제는 내 선택에 달렸다. 나는 가급적 가장 풍요롭고, 깊이 있고, 생산적인 방식으로 살아야 한다. … 남은 시간 동안 우정을 더욱 다지고, 사랑하는 사람들에게 작별 인사를 하고, 글을 좀 더 쓰고, 그럴 힘이 있다면 여행도 하고, 새로운 수준의 이해와 통찰을 얻기를 희망하고 기대한다."

그냥 좋은 말을 하려는 것이 아니라, 올리버는 그가 표현했던 말 그대로의 마지막 날들을 끝까지 살아냈다. 꾸준히 글을 쓰며, 그 어느 때보다 왕성하게 글을 읽으며, 할 수 있는 한 많이 수영하며, 친구들을 보며, 수없이 많은 편지를 쓰며, 산책하며, 약간이나마 여행을 하며, 나와 단둘이 시간을 보내며 지냈다. 올리버는 그 마지막 순간까지 글을 쓰고 있었다.

**색스 박사의 사후 미국 안팎에서 있었던 수많은 추모의
말들을 보고 들었을 듯하다. 그중 특히 기억하는 말이 있는지.**

올리버를 위한 전 세계의 독자들이 보내오는 넘쳐
흐르는 사랑과 존경은 놀라울 정도였다. 뇌신경과
관련한 여러 병증과 증상들(자폐증, 투렛신드롬,
파킨슨병, 시각실인증, 기억상실증을 비롯한)을 탐구
하고 그것을 인간적인 글로 옮겨온 그의 저작들에
대한 감사의 메시지들은 오늘날까지 이어지고 있다.
뇌신경학자, 휴머니스트, 그리고 작가였던 그의 업적에
대한 헌사, 색스 박사와 만났거나 함께 연구한 일에
대한 추억담 등. 내가 좋아하는 메시지는 유머가
있는 것들이다. 나를 웃게 만드는 글들이 있다.
한 여성은 이런 이야기를 들려주었다. 몇 년 전 그분
은 남미에서 돌아오는 긴 비행 동안 우연히 올리버의
옆자리에 앉게 되었다. 그들은 대화를 시작했고, 쉬지
도 않고 '수천 가지 일들'에 대해 이야기를 나누었다.
그녀의 표현을 빌리면, "내가 경험한 비행 중 가장
잊지 못할 일이 되었다".(나는 그저 상상할 뿐이다!)

그가 떠난 뒤 무엇이 가장 그리운가.

그와의 대화. 올리버는 세상 모든 일에 굉장한
호기심을 갖고 있었다. 그리고 그가 많고 많은
일들에 대한 지식을 가지고 있었지만, 그는 다른
사람들이 어떤 일에 호기심을 갖는지에도 관심이
많았다. 무엇이 나나 다른 사람들의 흥미를 끄는지.
또한 올리버 특유의 타고난 명랑함도 그립다. 그의
장난, 단어와 사전(그는 적어도 하루 한 번 이상은
사전을 찾아보곤 했다.)에 대한 사랑, 자학적인 유머,
그리고 그의 웃음도.

**사랑하는 사람을 잃는다는 일은 버림받는 것과 같은 기분이
들게 한다. 우리는 뒤에 남겨진다. 사랑했던 사람과 어떤
식으로도 영원히 다시 닿을 수 없다. 그런 상실감을 당신은 어
떻게 했나.**

올리버가 〈나의 생애〉에서 자신의 죽음에 대해 인정
한 바와 같다. "두렵지 않은 척하지는 않겠다."
상실로부터 회복하는 일이 쉬운 척은 할 수 없다.
하지만, 나는 많은 사람으로부터의 큰 사랑이라는

수혜를 입었다. 올리버의 사후 저작을 공동 편집하며
즐거웠다. 회고록《인섬니악 시티: 뉴욕, 올리버 색스
그리고 나》를 출간했고, 내가 찍은 사진집인《뉴욕은
어떻게 당신의 마음을 아프게 하는가》도 펴냈다.
상담을 받은 일도, 계속 살아가는 일 역시도 나에게
큰 도움이 되었다.

색스 박사가 사랑했던 사람을 떠나보냈을 때, 그는 어떻게 슬
픔을 다루었는지 기억하나.

올리버와 나는 2014년 8월 퀴라소로 휴가를 떠났다.
그곳에서 그는 친한 친구였던 배우 로빈 윌리엄스가
죽었다는 소식을 접했다. 나는 그가 침묵하며 크게
슬퍼한 일을, 충격받았던 모습을 기억한다. 하지만
그 하루가 끝날 무렵, 그는 슬픔(그의 표현을 빌리면
"끝없는" 슬픔)을 로빈에 대한 아름다운 헌사로 바꾸
어놓았다. 많고 많았던 로빈의 재능, 너그러움,
그리고 그가 세상에 가져온 즐거움에 집중했던 그
글은 〈뉴요커〉에 실렸다. 어떤 의미에서 나 역시
올리버가 죽은 뒤 그에 대해 쓰는 것으로 같은
시도를 한 셈이다.《인섬니악 시티》를 비롯해

〈뉴욕타임스〉에 썼던 내가 알았던 올리버에 대한 초
상인 〈올리버 색스와의 외출Out Late with Oliver Sacks〉 같
은 글이 그렇다.

《모든 것은 그 자리에》라는 제목은 어떻게 정했나.

올리버 자신이 정했다. 그 제목은 주기율표에 대한
글에 올리버가 지은 제목이었다.(《고맙습니다》에
실린 〈나의 주기율표My Periodic Table〉와는 다른 글에 대
해 언급한 것으로 보입니다. 인터뷰 원문은
"That was his title for an article he'd written about
the Periodic Table, which we ultimately omitted
from the book, feeling that other pieces covering the
same subject were stronger."—편집자.) 최종적으로
우리는 그 글을 이 책에서 빼기로 했는데, 같은 소재
에 대한 다른 글들이 더 강력하다고 생각했기 때문이
었다. 하지만 제목인 《모든 것은 그 자리에》는
이 마지막 올리버의 에세이집을 엮은 우리의 의도에
완벽하게 들어맞았다. 이 책에 묶인 에세이, 서평,
회고담, 의학적 사례들, 그리고 명상은 실로 모든 것
을 제자리에 놓는다. 그 과정은 글들을 올리버의 삶

을 주요한 세 시기(소년기, 직업과 관련된 삶, 그리고 노년)로 나누는 세 섹션 '첫사랑', '병실에서' '삶은 계속된다'로 나누면서 제자리를 찾은 셈이다. 이 섹션 구분으로 긴 에세이와 짧은 소품까지 다양한 문체와 분위기의 글이 묶였다.

당신이 좋아하는 색스 박사의 저작은 무엇인가. 그가 가장 좋아했던 책은.

나는 《목소리를 보았네》를 특히 사랑한다. 수화라는 언어의 습득 자체를 탐구하는 동시에 청각장애인들의 문화와 공동체를 탐사하는 책이다. 《색맹의 섬》 역시 아름답다. 《색맹의 섬》은 그의 가장 서정적인 책으로 나 역시 무척 좋아한다. 올리버가 좋아했던 책에 대해서라면 확신할 순 없지만, 나는 올리버가 회고록 《온 더 무브》를 특별히 자랑스러워했다고 생각한다. 그가 죽기 석 달 전에 출간되었는데, 그 책에서 올리버는 처음으로 자신의 성정체성과 우리의 관계, 그리고 뇌신경학자와 작가로서의 자신의 커리어에 대해 솔직하게 털어놓았다.

이번 책에서 당신이 가장 좋아한 글은 어떤 글인가?
어떤 글이 올리버를 특히 그립게 했나.

맨 처음에 실린 〈물아기〉. 평생에 걸친 수영에 대한
사랑(유아기부터의)에 대한 글인데, 나 역시 수영을
좋아하기 때문에 이 글을 좋아하는 것이기도 하다.
그 글은 마음을 사로잡는 매력적인 글로, 당신을
이 책 속으로 자연스럽게 안내한다. 마치 그와 함께
수영을 하기 위해 물 속에 뛰어들듯이. 분위기는
다르지만 환자 사례에 대한 글 중에서 우울증,
조현병을 비롯한 정신질환과 그 치료에 대해
파고든 글인 〈파국〉〈광란의 여름〉〈치유 공동체〉도
좋아한다. 단행본의 형태로 올리버가 뇌신경학적
장애와 별개로 정신질환에 대해 언급한 글은 이번이
처음이다.

**처음으로 읽는 색스 박사의 책이 《모든 것은 그 자리에》인 독
자가 있다고 가정하면, 당신은 이 책을 어떤 말로 권하고 싶은
가.**

만일 당신이 올리버 색스의 책을 읽은 적이 없다면,

《모든 것은 그 자리에》는 그 시작으로 매우 훌륭한
책이다. 이 책은 그의 광범위한 관심사와 여러 방식의
문체들을 회고담부터 환자 사례들까지 보여주기
때문이다.

저자 소개

-
-

김현　2009년 《작가세계》 신인상을 수상하며 작품 활동을 시작했다. 시집 《글로리홀》《입술을 열면》 산문집 《걱정 말고 다녀와》《아무튼, 스웨터》《질문 있습니다》《당신의 슬픔을 훔칠게요》 등을 썼다. 2015년 김준성문학상, 2018년 신동엽문학상 등을 수상했다.

문보영　2016년 중앙신인문학상을 수상하며 작품 활동을 시작했다. 시집 《책기둥》, 산문집 《사람을 미워하는 가장 다정한 방식》을 썼다.

박연준　시집 《속눈썹이 지르는 비명》《아버지는 나를 처제, 하고 불렀다》《베누스 푸디카》, 산문집 《소란》《우리는 서로 조심하라고 말하며 걸었다》《내 아침 인사 대신 읽어보오》《밤은 길고, 괴롭습니다》《인생은 이상하게 흐른다》 등을 썼다.

배수연　2013년 《시인수첩》에서 작품 활동을 시작했다. 시집 《조이와의 키스》를 썼다.

서윤후　2009년 《현대시》로 작품 활동을 시작했다. 시집 《어느 누구의 모든 동생》《휴가저택》을 썼다.

손보미 2009년 《21세기문학》 신인상을 받고, 2011년 동아일보 신춘문예로 등단하며 작품 활동을 시작했다. 소설집 《그들에게 린디합을》 《우아한 밤과 고양이들》, 장편소설 《디어 랄프 로렌》, 중편소설 《우연의 신》을 썼다. 한국일보문학상, 김준성문학상, 대산문학상, 제3회 젊은작가상 대상 등을 수상했다.

안희연 2012년 창비신인시인상을 수상하며 작품 활동을 시작했다. 시집 《너의 슬픔이 끼어들 때》《밤이라고 부르는 것들 속에는》과 산문집 《흩어지는 마음에게, 안녕》《당신은 나를 열어 바닥까지 휘젓고》를 썼다.

오은 시집 《호텔 타셀의 돼지들》《우리는 분위기를 사랑해》《유에서 유》《왼손은 마음이 아파》《나는 이름이 있었다》를 썼다.

유진목 시집 《식물원》《연애의 책》, 산문집 《디스옥타비아》를 썼다. 부산 영도에서 서점 '손목서가'를 운영하고 있다.

정지돈 2013년 《문학과사회》 신인문학상을 수상하며 작품 활동을 시작했다. 소설집 《내가 싸우듯이》, 《우리는 다른 사람들의 기억에서 살 것이다》 등을 썼다. 2015년 젊은작가상 대상, 2016년 문지문학상을 수상했다.

최지은 2017년 《창작과비평》으로 작품 활동을 시작했다.

황인찬 2010년 《현대문학》으로 작품 활동을 시작했다. 시집 《구관조 씻기기》《희지의 세계》를 썼다. 2012년 김수영문학상을 수상했다.

첫사랑과 ○

1판 1쇄 펴냄 2019년 10월 7일
1판 2쇄 펴냄 2019년 12월 6일

지은이 김현 문보영 박연준 배수연 서윤후 손보미 안희연 오은
　　　　유진목 정지돈 최지은 황인찬
펴낸이 안지미
디자인 안지미 이은주
사진 김현어쌔일럼 안지미
제작처 공간

펴낸곳 (주)알마
출판등록 2006년 6월 22일 제2013-000266호
주소 03990 서울시 마포구 연남로 1길 8, 4~5층
전화 02.324.3800 판매 02.324.2845 편집
전송 02.324.1144

전자우편 alma@almabook.com
페이스북 /almabooks
트위터 @alma_books
인스타그램 @alma_books

ISBN 979-11-5992-266-4 03810

이 책의 내용을 이용하려면 반드시 저작권자와 알마 출판사의 동의를 받아야 합니다.

이 도서의 국립중앙도서관 출판예정도서목록CIP은 서지정보유통지원시스템
홈페이지http://seoji.nl.go.kr와 국가자료종합목록 구축시스템http://kolis-
net.nl.go.kr에서 이용하실 수 있습니다. CIP제어번호: CIP2019034652

알마는 아이쿱생협과 더불어 협동조합의 가치를 실천하는 출판사입니다.

종이　표지_매직칼라 120g/㎡ 본문_그린라이트 100g/㎡